北海道豆本 series50

爪句

TSUME-KU

@今日の一枚

— 2021

爪句集 覚え書き—50集

本爪句集シリーズは2008年1月1日出版の第1集から数えて、本集で50集目になった。第1集からほぼ13年経っているので、年に4集近くの割合で出版してきた事になる。各集には200を超す枚数の写真と爪句が収められているので、出版当初公言していた1万句（と写真）の制作が達成できた。

第50集を出版するに当たって改めて「爪句」とは何かと考える。「爪句」は画像データ処理用語のサムネイル（thumb nail：親指の爪）に因んだ造語で、パソコン画面に“親指の爪”大に並べた写真画像のファイル名を575の句形式にし、その句を「爪句」と呼んでいる。その出自から爪句は写真のキャプションでもある。キャプションへ少し文芸的趣を持たせ、俳句の領域に近づけようとしている。こうなると本爪句集は句集ともいえる。

17文字のキャプションだけでは写真を撮影した状況が説明できないだろうと、100文字強の説明文を加えている。その説明文も撮影時の感想を入れ込んで少しは読み物風にもしている。爪句集は毎日のブログ記事を編集していて、短文の日記文芸の感じを出そうとしている。この意図が上手くいけば爪句集は写真を主体にした日記形式の読み物ともいえる。

これまで出版してきた爪句集はテーマ毎に作品をまとめていて、花、野鳥、植物、彫刻、鉄道、景観、行事、気象と多くのテーマの図鑑形式にもなっている。俳句と短文で読ませる図鑑といったところか。北海道の全駅を巡って撮影した全球パノラマ写真集にもなっており、俳句付鉄道ガイドブックでもある。もっと大風呂敷を広げると「爪句北海道百科事典」にも発展させ得るものだ。

さて、文芸でも研究でも世間の認知度が仕事を発展させていく上で影響してくる。足掛け14年間続けてきて50巻の爪句集を出版した“爪句”プロジェクトがどのくらい世間に認知されているかは、著者にしてみれば過敏なほどに気になる。著者からみても“爪句”の世間の認知度はかなり低い。写真とか俳句のように既成のカテゴリーにはまった趣味や仕事に対する世間の認知が高いのは当然である。しかし、写真（地上や空撮の全球パノラマ写真も含んで）・俳句・短文とキメラのような“爪句”やそれを記事にしたブログに興味を示す人はあまりいないようだ。

これまで共著の形式での爪句集の出版も試みた。しかし、そこからの展開はなかった。豆本の爪句集の出版は、著者は面白いと思っていても、他の人には出版費用が高いハードルになっているのだろう。そのハードルを少しでもクリアしようと爪句集出版のためのクラウドファンディング（CF）を何回か行っている。しかし、見ず知らずの支援者はほとんどおらず、一般の大衆（クラウド）を巻き込む点では低調であった。

自費出版では本の宣伝に限りがあり、前記CFのリターン（返礼品）に出版した爪句集を当てているけれど、もともと支援者の数が少ないので爪句集が拡散せず、この点も“爪句”の認知度を高めるのにCFはあまり貢献していない。捌けない全50巻の爪句集の在庫も山をなしてくる。こうなれば、無料での寄贈を考える。しかし、寄贈といっても受け入れてくれる図書館施設を探すのが大変である。

写真撮影に始まって写真に対応する爪句の作句というカメラマンと作家の役、日々ブログに投稿し、ある時期に編集し、印刷会社へ渡して戻ってくる校正原稿を吟味する編集者の役、出版費用にいくばくか足しになるように行うCFも含んだ営業活動、最終的には爪句集寄贈という企業でいえば社会貢献的な役割等々を一人でこなしての全50巻の出版である。確かにこれは他人が真似するにはハードルの高いプロジェクトである。著者がそのハードルを越えて来たのはやはり“爪句”が面白かったからである。

爪句は第50集を出版したのを機に止めてしまえば世間から忘れ去られてしまう存在なのか。それとも後に評価を得る事になる仕事だったのか、今の著者にはわからない。しかし、全50巻の爪句集出版の実績は北海道の出版史の隅に記録として残される事になる、と希望的に思っている。

爪句@今日の一枚―2021 目次

太字の日
ブログ選びて
爪句集

※爪句ブログのカレンダー（**太字**が収録日）

2021年1月

S	M	T	W	T	F	S
					1	**2**
3	4	**5**	6	**7**	**8**	9
10	11	12	**13**	**14**	15	16
17	**18**	**19**	**20**	**21**	22	**23**
24/**31**	25	26	**27**	**28**	**29**	30

2021年2月

S	M	T	W	T	F	S
	1	2	**3**	**4**	**5**	**6**
7	8	**9**	**10**	11	**12**	**13**
14	15	**16**	**17**	**18**	**19**	20
21	**22**	23	**24**	**25**	**26**	27
28						

2021年3月

S	M	T	W	T	F	S
	1	**2**	**3**	**4**	5	6
7	**8**	**9**	10	**11**	**12**	13
14	**15**	**16**	**17**	18	19	20
21	**22**	23	24	25	**26**	**27**
28	29	30	**31**			

2021年4月

S	M	T	W	T	F	S
				1	**2**	3
4	**5**	6	**7**	**8**	9	10
11	12	**13**	**14**	15	**16**	**17**
18	19	**20**	**21**	22	**23**	24
25	**26**	**27**	28	**29**	**30**	

2021年5月

S	M	T	W	T	F	S
						1
2	3	**4**	**5**	**6**	**7**	8
9	10	11	12	**13**	14	**15**
16	**17**	18	**19**	20	**21**	**22**
23 / **30**	**24** / 31	**25**	**26**	27	**28**	29

2021年6月

S	M	T	W	T	F	S
		1	**2**	3	**4**	**5**
6	**7**	8	**9**	**10**	11	12
13	**14**	**15**	16	**17**	18	**19**
20	**21**	22	**23**	**24**	25	**26**
27	28	**29**	30			

2021年7月

S	M	T	W	T	F	S
				1	**2**	**3**
4	**5**	6	7	**8**	9	10
11	12	13	14	15	16	**17**
18	19	20	**21**	22	**23**	**24**
25	**26**	**27**	28	**29**	**30**	**31**

2021年8月

S	M	T	W	T	F	S
1	**2**	**3**	**4**	**5**	6	**7**
8	**9**	10	11	**12**	**13**	14
15	16	**17**	**18**	**19**	20	21
22	23	24	25	26	**27**	**28**
29	30	**31**				

2021年9月

S	M	T	W	T	F	S
			1	**2**	**3**	**4**
5	6	**7**	8	9	10	**11**
12	**13**	**14**	15	**16**	17	18
19	**20**	21	**22**	**23**	24	25
26	27	**28**	29	30		

2021年10月

S	M	T	W	T	F	S
					1	**2**
3	4	5	**6**	**7**	8	**9**
10	11	**12**	**13**	**14**	15	16
17	**18**	19	20	21	**22**	**23**
24/31	25	26	**27**	**28**	**29**	**30**

2021年11月

S	M	T	W	T	F	S
	1	**2**	**3**	4	**5**	6
7	**8**	**9**	10	11	**12**	**13**
14	15	**16**	17	**18**	**19**	20
21	**22**	23	24	**25**	**26**	**27**
28	29	**30**				

2021年12月

S	M	T	W	T	F	S
			1	**2**	3	**4**
5	**6**	**7**	8	9	10	11
12	**13**	14	15	16	**17**	**18**
19	**20**	**21**	22	23	**24**	25
26	**27**	**28**	29	**30**	**31**	

ブログ記事　書き終え今日は　大晦日

毎日書き続けてきたブログの 2021 年の最後のものを書き終える。元日の空撮に備えて庭に「2022」の雪文字を描く。日中でも気温は低い。今年 1 年のブログ記事を編集し「爪句@今日の一枚— 2021」の原稿にまとめて出版予定で、第 50 集目となる。

2021年1月1日(金)
元日

初日の出　天空暦（こよみ）使い初め

今日から新しい年で今年のカレンダーの使い初めである。初日の出の空撮写真に自家製の北海道の景観の空撮パノラマカレンダーを貼りつける。札幌市西区主催のフォトコンテストに入賞し、三角山の空撮パノラマ写真採用のカレンダーも貼る。

2021年1月2日(土)

野鳥(とり)に代え　飛行機撮りて　快晴日

今朝は日の出を遮る雲が無く快晴。庭で日の出を空撮し、東南方向に太陽が、ほぼ反対の西方向に月が写る。空撮後野鳥を探して積雪の上を長靴で歩く。天気が良いので野鳥撮影には好都合なのに野鳥の姿がない。空を飛行機が飛ぶのでこれを撮る。

2021年1月3日(日)

三が日　穏やかに過ぎ　コロナ影

札幌は穏やかな正月三が日となる。朝食後空が赤く染まったので慌てて庭で日の出の空撮。野鳥を空撮写真に貼り込もうとするけれど鳥影を見かけず。ポストにハガキを投函しに行く時、琴似発寒川の辺りから大量の煙が上がる。火事だったそうだ。

2021年1月5日(火)

市の課題とICTを取り巻く環境

市が抱える課題

札幌の強み

サッポロバレーの源流

ICTを活用して　地域課題を解決　暮らしの利便性を高める

次のページで　市の施策の一部を紹介します

四十年（よそとせ）や　マイコン転じ　ICT

「広報さっぽろ」の2021年1月号に「私たちの暮らしを変えるICT」の記事が載る。札幌テクノパークの写真も目に付く。広報の2001年8月号には「新札幌型産業」の特集記事で、1979年撮影の「北海道マイクロコンピュータ研究会」の写真がある。

2021年1月7日(木)

アカゲラや　感知できてか　低気圧

テレビのニュースに本州の爆弾低気圧による台風並みの大雪の映像が流れている。北海道も今夜から荒れるとの予報であるけれど、今のところ札幌は風も雪もほとんど無く静かなものである。アカゲラが枯木の松に来て止まっているところを撮る。

2021年1月8日(金)

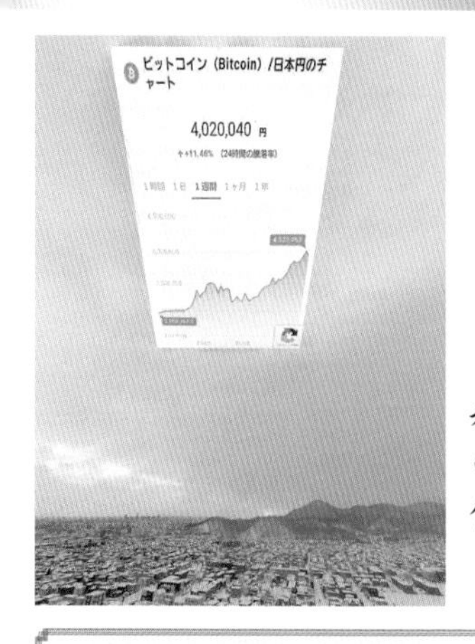

急上昇
ビットコインに
積雪値

　昨夜のうちにかなりの雪が積もる。埋まった車を持ち上げて腰を痛め、恐る恐るの雪かき。ビットコインの相場が急騰でこの1週間で1BTCが295万円から402万円になる。1週間前に1BTCを買い、400万円の売却を仮定すれば100万円の儲けだ。

2021年1月13日(水)

雪となり　野鳥(とり)現れず　犬を撮る

　日の出時刻の短い時間南東の空が明るくなる。その後は雪。昨夜の雪で庭の夏椿の枝は白花の花盛りである。除雪車が除けていった雪を庭に運ぶ作業をする。ぎっくり腰なので大事を取り後は家人に任せる。いつも散歩している犬と飼い主が通る。

2021年1月14日(木)

体調は　吹雪模様で　野鳥撮る

　時折強い雪が降る。こんな時に野鳥は期待できないと、ガラス戸の外を見ると枯れた松の木にアカゲラが取りついている。吹雪なにするものぞと木の幹を突いて餌探しである。ぎっくり腰は1週間続いていて、体調は吹雪模様で、治まる時もある。

2021年1月18日(月)

ツグミ鳥　よく飛ぶ日なり　影絵鳥

野鳥の群れが空を飛んでいる。ツグミだろうと見当をつけ、家の近くで群れて止まっているところを見つけて撮る。夕方に近づいていて曇り空なので影絵のようにしか写らないけれどツグミであるのを確認できる。今夜から荒れるとの天気予報。

2021年1月19日(火)

夏椿　ツグミと対で　花に鳥

夏椿の枯れた実に雪が付いて白い花が咲いたように見える。そこにツグミがやって来て枝に止まる。木花と鳥の画題は春のものしか思い浮かばないけれど、真冬にも絵になるものがあるのに気づく。ツグミの胸から腹にかけての鱗模様も絵になる。

2021年1月20日(水)

ぎっくり腰　除雪任せて　我空撮

日の出時に庭でドローンを上げて空撮。電波の状態が悪く50 mほどの高度でも機体との通信が途切れ、30 mでデータを収集する。ぎっくり腰が治らない我が身と同様、ドローンの操作に手こずる。近所の人が除雪機で我が家の前の雪を除いてくれる。

2021年1月21日(木)

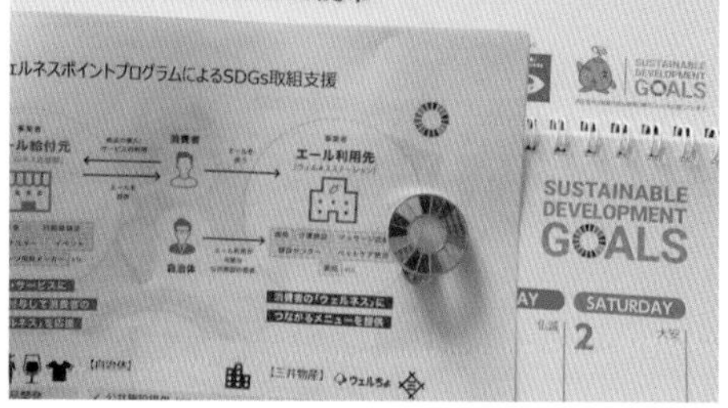

国連の　提唱運動　身近なり

朝食会でM物産道支社長T氏から「北海道におけるサスティナビリティ経営」の話を聴く。SDGsについては同テーマに関する札幌市西区のフォトコンテストに入賞して空撮写真がカレンダーに採用されている。SDGsのマークとバッジを並べて撮る。

2021年1月23日(土)

空間を　雪塗り込めて　白世界

　新聞の天気予報欄に晴れマークがあっても終日雪降り。雪が小降りになったのをみて庭で30m上空にドローンを上げ空撮。降る雪が写り、遠景は白で塗りつぶされてしまう。雪の中でも野鳥は飛んでいて、別に撮影できたツグミを天空に貼りつける。

2021年1月27日(水)

お年玉　当たりの切手　鶴と亀

　庭でドローンを上げて日課になっている空撮を行う。お年玉年賀はがきで当選した切手を天空に貼りつける。「季刊アイワード」の新刊情報欄に「爪句@クイズ・ツーリズム―鉄道編2」が紹介されている。今日の野鳥はツグミとヒヨドリである。

2021年1月28日(木)

積雪で　渇き癒して　ツグミかな

　オンコの木に積もった雪の上にツグミが止まっている。ツグミの動作を見ていると雪に嘴を突っ込み雪を食べているように見える。水分補給なのだろうか。野鳥が良く目につく日で、空撮パノラマ写真に野鳥を貼りつけたい。けれど校正作業を優先させる。

2021年1月29日(金)

鉤爪(かぎづめ)と 楔嘴(くさびくちばし) 武器の見え

アカゲラがよく来る枯れた松の木に、雪降りをものともせずに件の野鳥が取りついている。写真に撮ると楔のような嘴に、足の丈夫そうな鉤爪がはっきり見て取れる。これらの身体パーツが、アカゲラが自然の中で生き抜いていくための武器となる。

2021年1月31日(日)

欠ける月　クレータの見え　夜明け前

　未だ暗い西の空に月が見えている。庭でドローンを上げて空撮を行う。満月を過ぎたばかりの月で少し欠けて来た状態である。カメラのズームを望遠状態にして撮影すると欠け始めた部分の月面のクレータが写る。パノラマ写真で月の位置がわかる。

2021年2月3日(水)

再校や　コードチェックで　新企画

爪句集第46集の再校が届けられる。表紙も出来上がり空撮パノラマ写真を刷り込んでいる。日の出や虹をドローンを飛ばして撮った写真を配し、QRコードを読み込んでパノラマ写真表示で鑑賞できる。PayPayの本代振り込み用コードも印刷する。

2021年2月4日(木)

傘寿まで　生きた証の　本寄贈

町立様似図書館と浦河高校から爪句集寄贈本の写真が送られてくる。クラウドファンディング(CF)の支援で行われている爪句集寄贈プロジェクトの一環である。爪句集出版50巻を目指していて、今から方々の図書館等に寄贈する下準備をしている。

2021年2月5日(金)

シジュウカラ　シメにツグミと　カワラヒワ

朝から雪降り。晴れ間を見計らって庭で空撮。遠くは降雪でよく見えないので、高度30mの低いところでドローンをホバリングさせ撮影する。飛行操縦と撮影中の自分の姿が写る。今日の野鳥はシジュウカラ、カワラヒワ、シメ、ツグミが撮れた。

2021年2月6日(土)

自動車の
点検に行き
スマホデビュー

　自動車の点検でカーディラーまで行く。点検を待つ間に爪句集の再校に目を通す。車の展示場に携帯電話の店も同居していて、店員の携帯電話のアンケートに答える。家人のガラ携帯をスマホに替える事を勧められ、家人のスマホデビューとなる。

2021年2月7日(日)

アカゲラや　羽に雪載せ　雪降り日

ふと見ると庭のオンコの木にアカゲラが止まっている。これからこの木から飛び去ろうとしている態勢である。実際このシーンを撮った瞬間にアカゲラの姿は消えた。アカゲラの羽の白い部分はまるで降る雪が羽に積もって出来た模様のように見える。

2021年2月9日(火)

パノラマ撮　身体三脚　跡残り

裏山に散歩に出掛ける。今冬初めてスノーシューを履いて歩く。ぎっくり腰で負荷のかかる歩きを控えていたせいか、体力がかなり落ちていると感じる。人の歩いた痕跡がない雪の上で全球パノラマ写真を撮影すると、身体三脚の回転跡が雪の上に残る。

2021年2月10日(水)

野鳥撮り　今日も一日　過ごしけり

　天気があまり良くないので庭で空撮を行い、庭に来る野鳥を撮って天空に貼りつける。住宅地の割には野鳥がよくやって来る。今日はアカゲラから始まって、シジュウカラ、シメ、カワラヒワを撮り貼りつける。他にツグミやヤマガラも撮っている。

2021年2月12日(金)

色校の　日の出勝りて　今朝の空

日の出は空が申し訳程度に赤くなった程度で10分もたたぬうちに曇り空に戻る。そのわずかな時間を捕らえて庭で空撮。出版社から爪句集「爪句@今日の一枚—2020」の色校が届き日の出の空に貼りつける。色校の表紙の日の出が今朝のものに勝る。

2021年2月13日(土)

パノラマ撮　庭のアカゲラ　部屋に入れ

　庭のオンコの木に取りつけた餌台の近くにアカゲラが来ている。居間からパノラマ写真を撮り鳥が写るか試してみる。予想通りアカゲラは点のようにしか写らない。ズームの望遠で撮った鳥影を室内のパノラマ写真に貼りつけてはっきりと表示する。

2021年2月16日(火)

空撮の　出来ぬ日鳥果　カワラヒワ

道内全域で荒れた天気とTVニュースで報道されている。札幌も午前中は弱い雨で午後には雪になるけれど、大荒れの天気ではない。しかし、庭でドローンを飛ばすには風が強い。居間から庭に飛来しているカワラヒワやカラ類を撮り鳥果とする。

2021年2月17日(水)

荒天が　信じられずに　野鳥撮る

道内の各地で風雪を伴った大荒れの天気が報じられている。その荒天が信じられないくらい札幌は落ち着いた天気である。庭に出て空撮を行う。陽はぼんやりと見えている。いつもの野鳥が庭にやって来て、上手く撮れたものを曇り空に貼りつける。

2021年2月18日(木)

大学名「交通」の意味 新知見

勉強会 on-line eSRU の2月の例会日の講師は中国西南交通大学准教授侯進先生で、侯先生は中国の自宅から参加。西南交通大学の歴史の紹介と侯進研究室の研究紹介が講義の内容である。大学名にある「交通」の本来の意味は天地間の通信だそうだ。

2021年2月19日(金)

こちら向く　動かぬツグミ　ピント合い

ツグミが庭木に止まって身動きしない。ツグミの手前に夏椿の枯れ枝があり、それに自動でピントが合うとツグミはボケる。ツグミにピントを合わせる試行錯誤に時間がかかるけれど、ツグミが動かないので、どうにかピントの合った鳥影が撮れた。

2021年2月22日(月)

猫の日に　昇る日撮りて　ブログ種

久しぶりに日の出時の太陽をズームインして撮ってみる。雲が太陽に掛かり、円い火の玉だけよりは変化があり絵になる。2のゾロ目の今日は「ニャン・ニャン・ニャン」の鳴き声合わせで猫の日。猫の鳴き声の繰り返しフレーズは歌詞にもある。

2021年2月24日(水)

吹雪いても　アカゲラ来たり　種を取る

朝は吹雪いている。その中でも野鳥は飛来して餌台から採餌である。常連のアカゲラがヒマワリの種を狙っている。アカゲラの嘴をもってすれば種を仕切っているアクリル板を穿つのは容易だろうと思うけれど、それはせず、こぼれ出す種を咥えている。

2021年2月25日(木)

郷土本　展示しんがり　自著のあり

Ｍ氏から札幌市中央図書館の「さっぽろ資料室」で「この郷土本が熱い」という特設展示が行われていて、著者の著書もあると、写真添付のメールが届く。送られて来た写真と件の自著を並べて撮る。郷土本の貸出のランキングで26位だそうだ。

2021年2月26日(金)

撮影日
偶然一致で
シメ写真

印刷会社から「爪句@今日の一枚―2020」が納品される。シリーズで出版している爪句集の第46集目である。今朝庭に来たシメを撮った写真があり、爪句集に印刷したシメの写真と並べてみる。偶然にも丁度1年前の日の写真であるのに気が付く。

2021年3月1日(月)

餌台が　運動不足　招きたり

餌台の餌を絶やさないようにしたら鳥頭の野鳥でも覚えていて、雪が降っても餌箱のところにやって来る。かなり色々な種類の野鳥が来る。これを居間からズーム機能を備えたデジカメで撮っている。探鳥のため山道を歩かなくなり運動不足である。

2021年3月2日(火)

写真より　描(えが)いた如く　カワラヒワ

降る雪の中のカワラヒワの飛び姿は写真より描いた絵のようである。この野鳥は止まっている時は羽の黄色い部分がわずかにしか見えないのだが、羽を大きく広げると、その黄色い部分が目を惹く。目障りな鉄柵も黒いバックになり降雪を浮き立たせる。

2021年3月3日(水)

新参の　さんかくやまべェ　雛祭り

季節の移り変わりを確かめるためもあり、家人は雛祭りには、お雛様を箱から出してピアノの上に飾る。今年は札幌市西区のSDGs啓発の写真公募で入賞して、その賞品「さんかくやまべェ」ストレスリリーサーが加わる。これらを夜明け前の空に置く。

2021年3月4日(木)

芽を咥(くわ)え　目元痒(かゆ)いか　カワラヒワ

　カワラヒワを撮った写真の１枚に木の芽を咥えて、目の下辺りを片脚で掻くような動作をしているものがある。枝に一本脚で止まりこの動きとは器用なものである。好天で気温が高くなってくると、山林に戻るせいか、庭に飛来する野鳥の数が減る。

2021年3月7日(日)

外飼いの　ペットの如く　野鳥来る

庭にやって来る野鳥を撮っているうちに1日が過ぎてしまう感じである。シメがベランダのところに来たのを撮る。嘴が鋭く、これで突かれたらかなりの傷になりそうだ。それにしても野鳥の食欲は大変なもので補充の餌を買いにホームセンターに行く。

2021年3月8日(月)

餌台の　野鳥を撮りて　日始まる

早朝から餌台に野鳥がやって来る。それを撮って１日が始まる感じである。野鳥の飛び姿を撮影するコツを少しつかんだので、羽を広げる時を狙う。屋外では積雪に埋まる事もあり、野鳥撮影のため近くの山歩きは敬遠し、運動不足が気掛かりだ。

2021年3月9日(火)

ワンコイン　2万（にまん）円に化けて　ビットコイン

BTCの相場が激しく変動している。今日は1BTCが一時580万円を超した。2017年5月に出版した爪句集にBTCで支払えるようにアカウントのQRコードを印刷した。爪句集代金500円は当時の相場で0.004BTCで現在は2万3千円を超える。

2021年3月11日(木)

山の日に　三角山の　暦撮り

三角山の日と東日本大震災の10年目の日。最近は外歩きもせず筋肉が衰えてきているのを自覚する。標高311mの低山であるけれど頂上まで辿りつけるか懸念を抱いて登る。頂上で山頂上空からの写真が採用されたカレンダーをパノラマ写真に撮る。

2021年3月12日(金)

後ろ向き　回転したり　野鳥(とり)の首

　歩ける時には少しは歩かねばと久しぶりに近くの宮丘公園まで散歩。野鳥が撮れないかと探すけれど見つからず。庭では撮れるのに公園を少し歩いたぐらいでは鳥影は捕まえられない。朝撮った首を回したカワラヒワの写真を今日の１枚にする。

2021年3月15日(月)

小鳥去り　ヒヨドリ引き止め　餌(えさ)リンゴ

　裏山で日の出を狙って空撮を行う。空撮写真に貼り込む野鳥を探すが見つからず。気温が上がり春らしくなり天気が良いと庭の餌台から野鳥の姿が消える。山の木々の冬芽が膨らんで、それを求めて山に帰るようである。他家の庭に来たヒヨドリを撮る。

2021年3月16日(火)

日の出時に　長靴(くつ)で踏み行く　締まり雪

天気が崩れる予兆であるのか、朝焼けがきれいである。裏山まで出掛けて空撮を行う。締まり雪なのでサクランボ山まで長靴で歩く。野鳥が飛んでいるのだがシャッターチャンスを生かせず。リスの姿を捉える。今年初めてのリスの撮影である。

2021年3月17日(水)

悪天候　餌台戻る　野鳥(とり)を撮る

午後の後半は雪。天気が良いと餌台から消える野鳥が悪天候で戻ってくる。餌台では天候に左右されずに確実に餌が得られるからだろう。餌台に戻って来たカワラヒワを撮る。暗いのにシャッタースピードを上げての撮影でボケ気味の写真になる。

2021年3月22日(月)

野鳥（とり）撮れず　代わりに暦　空に置く

陽が出て来たので庭で空撮。天空に置く野鳥の写真が撮れず、西区SDGsフォトコンテスト展示会の案内記事を代わりに貼る。このフォトコンテストの入賞作品で制作したカレンダーも貼り付ける。カレンダー中の三角山の空撮写真が自分の入賞作品。

2021年3月26日(金)

写り込む　予期せぬ人や　写真展

札幌市西区のSDGsフォトコンテストの入賞作品展がチカホであるので見に行く。三角山の空撮写真とエゾライチョウの入賞作品が展示されている。その様子をパノラマ写真に撮ると、家人と向かい側の壁の北科大の宣伝写真と学生のH君が写る。

2021年3月27日(土)

空撮後　庭で撮りたる　春息吹

日の出前に庭で空撮を行う。明るくなってから庭を見回すと雪解けが進んでいる。積雪が退いた地面にスノードロップの花が現われてきた。アカゲラもやって来る。大形の野鳥に壊されたか、餌台が分解しかかっている。そこにシメが飛んでくる。

2021年3月28日(日)

アカゲラ来　飛行初め撮る　トイドローン

トイドローン mini2 を購入し飛ばし初め。慣れていないので庭の低いところにホバリングさせ写真を撮る。ドローンを見上げてスマホで撮った写真にオンコの木とそれに取りつけた餌台が写る。今朝もこの餌台に来たアカゲラを望遠デジカメで撮る。

2021年3月31日(水)

繰り返す　日々の流れて　野鳥撮る

　最近は1年の中での今日、この日という感じが薄れている。天気の変化に気づいても同じ日が繰り返す感じだ。野鳥になってみればこんな感じなのだろうかと思う。ぼんやりした日の出の朝でも天気は良い。庭にアカゲラ、シメ、ヤマガラが来る。

2021年4月1日(木)

春息吹　探しに行けば　熊情報

久しぶりに西野市民の森の散策路まで行く。散策路は全行程歩かず宮丘公園に抜ける。抜けたところに熊出没注意の看板があった。3月27日の目撃情報で、小雪で熊が目覚めるのが早かったのか。ナニワズ、フキノトウ、芽鱗、ヒヨドリを撮る。

2021年4月2日(金)

春進み　爪句追いかけ　庭の花

　日の出が始まったのを空撮。月も写っている。天気の良い1日になりそうである。爪句第47集の「爪句@天空の花と鳥」の再校が届く。庭のクロッカスが咲き出したので、これとナニワズの木花を撮り今朝の日の出の空撮写真の天空に貼りつける。

2021年4月5日(月)

空撮や　爪句作家と　面の割れ

運動不足解消も兼ねて西野市民の森に探鳥散歩に出向く。251峰のところで年配者に「爪句」の作家ではないかと声を掛けられる。拙著を書店で購入したとの事。かなりの年齢のようで齢を尋ねると87歳との答え。この齢まで歩けるかどうか心許ない。

2021年4月7日(水)

探鳥や　歩数計れば　1万歩

天気が良かったので西野市民の森の散策路全コースを歩く。散策路が方向を変える中の川のところで低空で空撮する。今日出遭った野鳥のハシブトガラ、カケス、ゴジュウカラ、コゲラにキクイタダキではないかと思われる体の小さな鳥を並べる。

2021年4月8日(木)

雪降りて　冬に戻るや　卯月かな

日の出前の空は晴れていて月が出ている。三日月の写真を撮り、大きくして天空に置いてみる。日の出の直後散歩に出掛けスズメの飛び姿を撮影。朝食前頃から雪になり、かなり降る。庭に出てクロッカスやナニワズが雪で覆われたところを撮る。

2021年4月11日(日)

ホオジロを　撮る望遠の　重さかな

天気予報に終日晴れマークが並ぶ。果樹園の近くで日の出の空撮。日の出時刻は4時台に近づきつつある。鳴き声を頼りにホオジロを見つけて撮る。望遠ズームのデジカメが重たく、弱くなった腕の力でカメラを動かないように保持するのが難しい。

2021年4月13日(火)

カケス撮る　道で熊笹　身を起こし

朝の散歩時にカケスの群れに出遭う。カケスを撮った後でトイドローンを飛ばし、カケスのいた辺りを空撮する。空撮写真で野鳥の姿を見つけるのは無理としても、カケスのいた場所の積雪の残りは写っている。緑の熊笹が草丈を伸ばしてきている。

2021年4月14日(水)

新しき　用語に溢れ　5次社会

月1回の勉強会 on-line eSRU の日で北大特任教授山本強先生が「Cyber-Physical Entertainment：娯楽のデジタルトランスフォーメーション」のテーマで講義。具体例として先生自ら開発している VR マラソンの紹介等があり刺激的なものだった。

2021年4月16日(金)

森の道　風強き日に　マヒワ撮る

　運動のため西野市民の森を歩く。散歩の途中ドローンを飛ばそうかと思っていたけれど風がかなり強く、上空が開けたところが見つからず飛行させるのは諦める。高い梢に野鳥が群れている。撮影して拡大するとカワラヒワとマヒワが写っている。

2021年4月17日(土)

微か音(ね)や　見上げればリス　食事かな

午前中雨模様の空の下、西野市民の森の散策路を少し歩く。野鳥を探しても鳥影を見つけられない。頭上で音がするので見上げるとリスである。両手で何か持って食べている。貯えておいたクルミの実かもしれない。木の新芽はこれからである。

2021年4月20日(火)

陽が昇り　花鳥求めて　山坂(さか)登る

西野市民の森の散策路に向かう途中で日の出となる。ドローンを飛ばし日の出を空撮する。ドローンのカメラでは日の出の太陽の輪郭が写らないので別撮りの太陽を天空に貼りつける。ホオジロ、シジュウカラ、ヒヨドリとキタコブシの花を撮る。

2021年4月21日(水)

散歩メモ　天空ノートに　記録かな

日の出は雲の間に陽の一部が姿を見せる。その陽の光を浴びてアンテナにヒレンジャクが並ぶ。その後、陽は全体を現す。西野市民の森から宮丘公園を歩く。頭上のゴジュウカラ、ヒヨドリ、足元のエゾエンゴサク、エンレイソウを撮り天空に貼る。

2021年4月23日(金)

今朝も又　花鳥求めて　森の道

日の出に合わせて西野市民の森へ向かう。途中日の出を空撮する。野鳥がなかなか撮れないところ、シメの飛ぶ姿が偶然写る。エゾエンゴサクやエンレイソウを見つけて撮る。山野草ではないスイセンはどこかから種が飛んで来て咲いたらしい。

2021年4月26日(月)

陽と歩く　雪の山道　卯月末(うづきすえ)

日の出の時刻に西野市民の森の散策路に向かう。途中陽が昇り始めたので空撮を行う。昨夜の雪で家々の屋根が白く写る。散策路にも雪が残っている。エゾエンゴサクが霰のような雪の中にある。アカゲラやリスも撮影対象となる。7千歩近く歩く。

2021年4月27日(火)

トイドローン　不調の飛行　日の出撮り

　トイドローンを飛ばして日の出の撮影をしようとすると、トラブルが起こる。陽はどんどん昇るので焦る。プロペラの回転が速すぎるといった表示が画面に表われる。ドローンの離陸時に失敗して、その影響が残ったようだ。飛行状態をスマホで撮る。

2021年4月29日(木)

昭和の日

早朝(あさ)散歩　昭和も遠く　なりにけり

昭和の日の祝日に庭で空撮後、西野市民の森の散策路を歩く。野鳥の鳴き声がしても姿を見つけられず。やっと撮影出来たのがゴジュウカラである。今年初めてフッキソウを見つける。リスもいる。桜の開花が見られリンゴを啄むヒヨドリに桜である。

2021年4月30日(金)

暗き朝
庭の照明
桜花

コロナ禍のGWの平日は朝から雨となる。満開になってきた庭のソメイヨシノを早朝に窓越しで撮る。陽の光の無い暗い周囲を照らすかのように桜花が見えている。探鳥散歩もないのでスマホ撮りの、本当にこれが今日の１枚の写真になりそうだ。

2021年5月2日(日)

コロナ禍や　モエレ山撮る　GW

　ベランダからモエレ山方向の日の出を待つと陽は雲の間から姿を現す。ベランダから屋根越しに辛うじて見えるモエレ山を撮る。ほぼ14時方向の約14kmの彼方にある人工の山がシルエットになり写る。コロナ禍で外出自粛のGWの日曜日が過ぎていく。

2021年5月4日(火)
みどりの日

寒き朝　尻尾の紅色　色の冴え

寒い朝に家の近くを散歩する。リンゴを置いて野鳥を呼び寄せている家があり、散歩時にはどんな野鳥が来ているのか注意して見ている。今朝はヒレンジャクで尻尾の先の紅色を鮮明に写すことができた。この部分が黄色だとキレンジャクである。

2021年5月5日(水)
こどもの日

校正で
「子」の漢字消したり
こどもの日

GWの最終日でこどもの日。出版したばかりの「爪句@天空の花と鳥」の初校で2020年の5月5日に「子どもの日」と書いたのを「こどもの日」に直している。自家製の今年のカレンダーで確かめると祝日は赤文字で「こどもの日」となっている。

2021年5月6日(木)

撮チャンス　サクラにメジロ　コラボかな

桜の季節になると開花した桜にメジロの組み合わせを狙っている。なかなか撮る機会がなくシャッターチャンスも生かせないのだが今朝は両者が1枚に収まった。新芽も写っていて、これから新緑が濃くなるのに比例し野鳥を撮るのが難しくなる。

2021年5月7日(金)

耳と眼で　ドラミング追い　鳥果得る

野鳥の撮影では眼と耳が良くないと難儀する。小型の野鳥ならかなりの視力が要求され、飛ぶ鳥では高い動体視力も必要だ。耳の方は野鳥の鳴き声が聞こえるかに加え、聞こえる方向を判定する必要がある。良くない眼と耳でアカゲラを見つけて撮る。

2021年5月13日(木)

曇り日に　イカルを撮りて　大鳥果

曇り空の早朝森の散策路を歩く。高い梢に野鳥を見つけて撮る。その場では何の鳥か判別がつかない。帰宅して野鳥図鑑を見て黄色のずんぐりした嘴、頭部の黒毛、胸の灰色からイカルと同定する。この野鳥を撮影した記憶がないので大鳥果である。

2021年5月15日(土)

日の出前　影絵山並み　全写かな

日の出前庭で空撮。北から東にかけての山並みが朝焼けの中にシルエットで写る。暑寒別岳、樺戸山系、芦別岳、大雪山系、夕張岳と見えているのだろうけれど確信して説明できない。空撮後早朝散歩でホオジロ、ヤマガラ、ルイヨウショウマを撮る。

2021年5月16日(日)

盲点は　鏡に映る　撮影者

M歯科医院の手洗いコーナーの全球パノラマ写真を処理していて、撮影している自分が鏡に映っているのに気がつく。カメラを保持した自分の体を三脚代わりにし、体を回転しながら写真データを収集するので、普通は自分は写らない。盲点である。

2021年5月17日(月)

空撮に　激光彫刻や　チャイナ技

朝は雨で散歩に出掛けず。その後晴れたので庭で空撮。北科大の三橋先生が新しく購入したレーザー彫刻機で筆者のベッキオ橋のスケッチをコルクコースターに彫り、その画像が送られてきた。これを今日の空に貼りつける。この装置使えそうだ。

2021年5月19日(水)

鳥果なく　撮る花々の　白さかな

　日の出の時刻に野鳥を探して市民の森の散策路を歩く。鳴き声はしても鳥影は確認できず。歩いているうちに251峰まで到達してしまう。道端のオドリコソウ、コンロンソウ、ニワトコの木花を撮る。帰宅してワクチン接種の申し込みをネットで行う。

2021年5月21日(金)

鳥獣や　期待以上の　撮果かな

　日の出の空が少し赤くなったので庭でドローンを飛ばして朝焼けの景観を空撮。空が赤くなるのはここまでで、その後は曇り空が広がるだけだった。早朝散歩の途中、ホオジロ、キツネ、リス、アカゲラを撮る。今朝は期待した以上に鳥獣に出遭う。

2021年5月22日(土)

母ギツネ　仔ギツネ舐めて　一日(ひ)始まる

早朝散歩でキツネの親仔を見つける。母親のキツネが仔ギツネのグルーミングを手伝っている。朝起きたら顔を綺麗にして、と母ギツネの声が聞こえてくるようだ。別の場所で鹿の親仔を見かけたが、こちらも母親と仔ジカのようで父親は不在である。

2021年5月24日(月)

帰宅道　キツネやサルや　アメンボウ

　午前中歯科医院に行く。帰路は宮丘公園を抜ける道を選び、途中で空撮を行う。野鳥を探しても見つからず、薮の中に逃げ込んだキツネを撮る。足元の黄色い花はケシ科のクサノオウで、ラン科のサルメンエビネは庭に植えられていたものを撮る。

2021年5月25日(火)

アカゲラが　庭に来たりて　リラ祭り

曇り空が広がる朝に庭の松の木にアカゲラが来る。ガラス窓越しに何枚か撮ってみる。ツツジの花とのツーショットも撮れる。激しく頭を振って松の幹を突くところを撮ると頭の部分が大きく流れ画像で写る。ライラックは紫と白花を並べて撮る。

2021年5月26日(水)

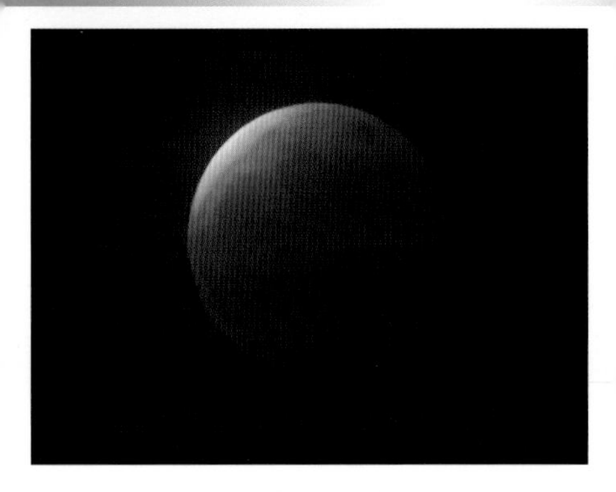

スーパームーン　皆既月食　天体ショー

天候次第で皆既月食が観測できるとの報道で、月の昇るのを待つ。雲があり月の出は見られず皆既月食観測は駄目かと思っていると、かなり欠けた月がわずかに見えてくる。玄関先で撮影を試みる。肉眼では見られなかった赤味を帯びた月が写る。

2021年5月28日(金)

貝塚や　残雪に見え　北黄金（きたこがね）

昨日の道新朝刊に縄文遺跡群の世界遺産登録の正式決定が目前の記事が出る。道内の関係遺跡の一つに北黄金貝塚があり、ここは以前北海道遺産からみで依頼されて2017年7月に空撮を行っている。かなり前の事でデータを探し出すのに手間取る。

2021年5月30日(日)

国挙げて
接種イベント
参加かな

　コロナウイルスワクチン予防接種で、夫婦でPホテルまで行く。接種のため順番待ちをしている人と接種券の入った封筒を、撮影禁止でないのを確かめ重ねて撮る。帰宅して雨の降りそうな空にドローンを上げて空撮。接種会場の写真を貼りつける。

2021年6月2日(水)

一朝（ひとあさ）で　ラン科2種類　見つけたり

　朝4時前に日の出前の空が赤くなっている。庭に出て空撮。寒さを感じる。空撮後市民の森の散策路を歩く。鹿の警戒の鳴き声や野鳥の囀りを耳にしても姿は撮れなかった。その代わりラン科のコケイラン、サルメンエビネを今年初めて目にする。

2021年6月4日(金)

鳥の気分でドローン撮影
パノラマ写真に自作の俳句

荒れた日に　空撮強行　記事を貼る

　荒れた天気の朝に強風注意の表示を見ながらドローンを飛ばし空撮を行う。道新の別冊紙「さっぽろ10区」に載った記事を空撮写真に貼り込む。新聞記事に取り上げられている空撮写真は今年2月11日のもので爪句集のこの日のページも貼りつける。

2021年6月5日(土)

飛ぶ蜂や　オオハナウドが　ヘリポート

オオハナウドが咲く季節に入っている。大輪の草丈の高い花で存在感があり、ついカメラを向ける。花の上を蜂が飛び回っている。花が平らなので、蜂が花の上でホバリングしていると、花のヘリポートに着陸しようとしているかのように見える。

2021年6月6日(日)

散歩終え　見直して撮る　庭の花

宮丘公園を早朝散歩。野鳥は鳥影を捕まえられず山野草も目新しいものはなし。6千歩の散歩は運動のためだけとなる。帰宅して庭で空撮を行い、庭の花を貼りつける。アマの花が涼し気である。豪華な花盛りの牡丹とアルメリアのブーケがある。

2021年6月7日(月)

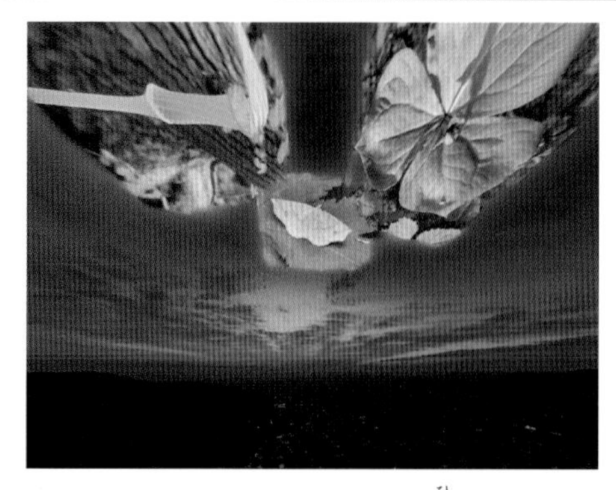

朝焼けや　ガギバガ貼りて　今日(ひ)の記録

朝起きると朝焼けが目に飛び込んでくる。急ぎ庭に出て空撮。空撮後は宮丘公園の遊歩道まで行ってみる。野鳥撮影はあきらめ足元の山野草を探してエンレイソウの実、マムシグサ、マイズルソウを撮る。蛾が葉の上にいてガギバガの仲間のようだ。

2021年6月9日(水)

蚊を防ぐ　ネット姿の　我を撮る

　西野市民の森散策路の少し小高い場所でドローンを操縦している自分の姿をパノラマ写真で撮ってみる。山道は蚊の出る季節に入りネットを被り撮影する。別撮りのホオジロとアカシアの花、パノラマ写真にも写っているオオハナウドを貼りつける。

2021年6月10日(木)

伴走者　チェック点過ぎ　満八十寿(さんじゅ)

人生の伴走者は今日で満80歳である。誕生日を通過したからといって何かが変わる訳でもないけれど、人生のチェック点を通過した気にはなる。夫婦で庭に出て記念の空撮。庭の亜麻の花、ヤグルマギク、ミヤコワスレ、カッコウセンノウを添える。

2021年6月14日(月)

野鳥（とり）キツネ　上手く撮れずに　花写真

雲の隙間から昇る太陽が顔を出す。庭に出て空撮を行うと、雲に遮られた日の出時の太陽の輪郭が写る。空撮後早朝散歩。逃げていくキツネを撮る。野鳥の声の方向にカメラを向けると同定できない野鳥が写る。フタリシズカや野イチゴの花を撮る。

2021年6月15日(火)

土産石　日付け伝えて　初校かな

印刷会社から「爪句@天空のスケッチ」の初校が届く。机の上にある文鎮代わりの石はタイのプーケットで拾ってきたもので日付けが記されている。石には2002年7月とあり、初校の写真では2020・7・17となっていて、明らかに訂正が必要である。

2021年6月17日(木)

次々と　鹿現れて　通せん坊

散歩している道に鹿が現れる。最初は1頭だったのが、次にもう1頭、又1頭、最後にさらに1頭で、全部で4頭が道で通せん坊である。自動車も通る道で衝突の危険もある。近づいて行くと鹿は離れて行き、最後は駆け足で草藪に逃げて消えた。

2021年6月19日(土)

キツネ撮り　頭を過る　熊報道

道新朝刊に昨日の東区の市街地で起きた熊出没騒動の記事が出ている。熊に襲われて怪我人も出た。熊は昨日駆除され一件落着となる。テレビでも報道されていて、このニュースを見てから早朝の山道散歩で、キツネを見つけても熊が頭を過る。

2021年6月21日(月)

主人待つ　飼い犬に見え　夏至の朝

　散歩道の先にキツネが座ってこちらを見ている。キツネよりは飼い犬が先に行き主人を待っている雰囲気である。早朝散歩でよく遭遇するのでキツネの方もこちらに慣れたのかもしれない。他にも何匹か兄弟がいるらしく、群れを見かける時もある。

2021年6月23日(水)

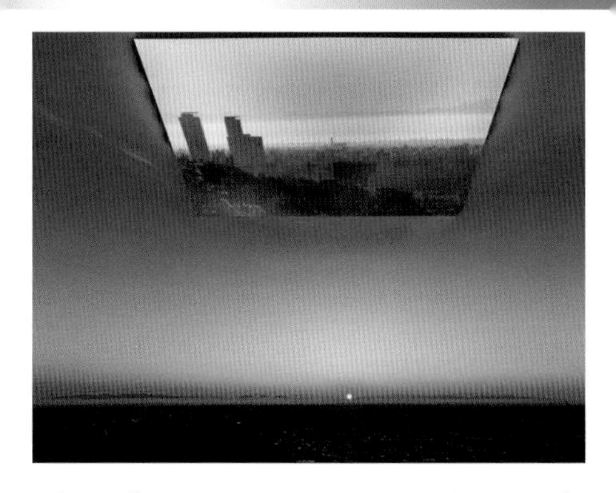

霧の帯　抜け出す日の出　朝や4時

朝、丁度4時に陽が昇ってくるのを庭の100m上空から空撮。霧か雲か地平に沿って帯状の白い部分が見える。今朝はそれなりに気温が下がったので、地表近くの水蒸気が霧を発生させたのだろう。陽が昇ってから撮影した都心部彼方の写真を並べる。

2021年6月24日(木)

アンテナに　止まる野鳥(とり)撮る　日の出後(あと)

起床して窓の外を見ると日の出の空が少し赤い。庭で日の出時のパノラマ写真と静止画を空撮する。いつもの散歩道を歩いても野鳥は樹木の中にいるものは姿が見えず、アンテナに止まっているものを辛うじて撮る。暗くてキツネは流れ画像になる。

2021年6月26日(土)

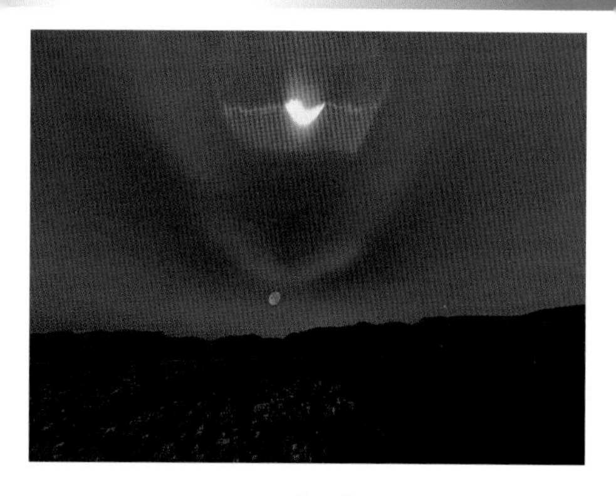

パノラマで　日の出月入り　写したり

日の出の空撮写真を処理していて、西の山並みの山際にあって今まさに沈もうとしている満月が点のように写っているのに気が付く。あまり小さいので拡大した写真を月の上の空に貼りつける。東の空の陽も小さいので別撮りの日の出の写真を貼る。

2021年6月27日(日)

空撮や　日の出東で　月は西

日の出時刻に庭で空撮。東の空に昇る陽が、西の空に沈み行く月が写っている。空撮後早朝散歩。キツネに出遭って何枚か撮る。藪の中に逃げ込んだ鹿を撮るけれど流れ画像になる。森の中で野鳥の姿を捉えられず、電線に止まったヒヨドリを撮る。

2021年6月29日(火)

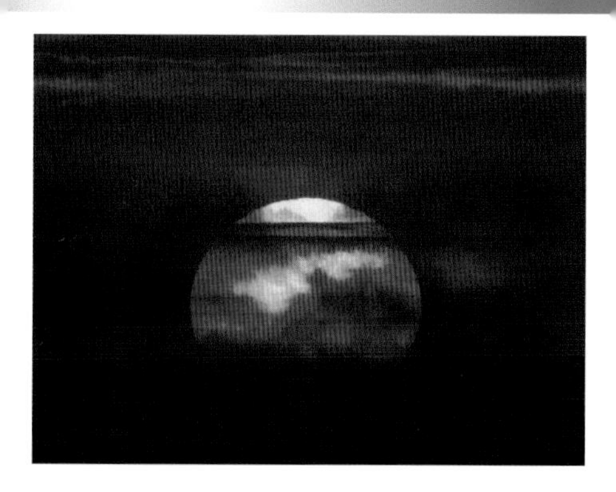

陽と雲が　演出したり　日の出ショー

日の出時の太陽は、雲があるとのっぺらとした円形に変化が出て面白い。今朝の太陽は雲間から現れる幻想的なものである。新聞の天気予報欄には晴れマークが並んでいるので、陽が高くなれば直視できない火の玉が天空に浮かぶ事になるだろう。

2021年7月1日(木)

桜桃園（おうとうえん）　我が物顔の　カラスかな

雲間の日の出をベランダから撮った後、宮丘公園から西野市民の森の散策路に抜ける。途中空撮。空から見ると森の緑が濃くなっている。さくらんぼ園の看板が出ていて今日から開園。カラスが大挙して訪れている。シジュウカラを撮って帰宅。

2021年7月2日(金)

中国の　行く末見たし　傘寿かな

道新に昨日天安門広場で行われた中国共産党創建100年記念行事の記事が出ている。習近平総書記が一人だけ人民服を着てひな壇で演説し、毛沢東と二重写しとなる。文化大革命の時、紅衛兵が手にしていた毛語録にある毛氏肖像を今朝の空撮写真に貼る。

2021年7月3日(土)

抗老(こうろう)や　八千歩の距離　歩きたり

自宅前の坂の登り口のところに「さくらんぼ」の幟が出る。今年もさくらんぼ狩りが始まったようで、早朝散歩はそちらを避け宮丘公園を歩く。道端にアサガオが一輪咲いている。スズメを撮る。木の間から日の出が見える。空撮を行って帰宅する。

2021年7月4日(日)

雲ベール　僅かに隠し　陽の素顔

今朝は朝焼けが見られなかったので庭での空撮は行わず、早朝散歩に出掛ける。途中雲のベールが昇る陽を覆い幻想的に見えるのを撮る。昨日の東海地方の川の氾濫や伊豆方面での土石流のニュースが流れていても札幌は雨らしい雨が降っていない。

2021年7月5日(月)

蕾玉　弾けて咲いて　見事なり

　西野川の川沿いの道を散歩していてホザキナナカマドが花を綻ばせているのを目にする。丸い小さな玉の蕾が弾けるようにして花が咲く。この時期毎年目にして毎年見事なものと感じている。今日は天気予報欄に雨マークが並び風があり肌寒い日である。

2021年7月8日(木)

梅花藻(ばいかも)に　気づく季節や　中の川

最近の早朝散歩は山道から川沿いの道に変えている。中の川の川面に梅花藻が咲いているのが目に留まる。昨年までこの辺りには梅花藻は咲いていなかったと記憶している。人家に囲まれて流れる小川ながらその清流を保っている証拠になっている。

2021年7月11日(日)

爪句集　寄贈の町や　米どころ

沼田町総務財政課の亀谷良宏氏より、先に同町図書館に寄贈した爪句集の写真が届く。爪句集のPOPも制作されている。同町では現在「"キャンパスライス"プロジェクト」のクラウドファンディングを行っていて、最低の支援金を振り込んでおいた。

2021年7月17日(土)

真夏日や　寄贈の爪句本(ほん)を　天に置く

北星学園の元理事長の杉本拓氏の紹介で、北星学園大学に爪句集を寄贈し、寄贈本が書架に納まった写真のプリントが転送されて来た。このプリントを庭で撮影した空撮パノラマ写真に貼り込む。今日は真夏日で高齢者には暑さが堪える日だった。

2021年7月21日(水)

始まった　五輪暗示の　曇り空

　ご難続きの東京五輪の競技が今日から始まる。札幌では女子サッカーの日本チームの試合がある。大通公園の10丁目に設置された五輪マークのオブジェと4丁目の舗道のマラソンスタート点の標識の写真を撮ってくる。今朝撮影した空撮写真に貼る。

2021年7月23日(金)
スポーツの日

演出は　コロナ負けじと　五輪かな

東京五輪の開会式が数時間後に迫っている夕方庭で空撮。午後8時から始まった開会式をTVで視る。参加205の国・地域の選手入場行進が終わるまで時間がかかる。ショーで1824機のドローンが天空に地球を描く。聖火の最終点火走者は大坂なおみ選手。

2021年7月24日(土)

インテル製　ドローン描きて　地球かな

　昨夜の東京五輪の開会式で会場上空に立体の地球儀を描いたドローン飛行集団の舞台裏を見せるTV番組を視る。ドローンはインテル製のものらしい。ドローンは中国製のもので席巻されていると思っていたけれど、中国頼みでなくてよかった。

2021年7月25日(日)

写真撮る　五輪無縁の　世界かな

早朝散歩の途中でドローンを飛行させ空撮写真を撮影しようとしても上手くゆかず。SDカードを機体に挿入していなかったためである。散歩途中でキツネ、カワラヒワ、エゾアオカメムシ、ヤマアジサイを撮り、帰宅後庭での空撮写真に貼り込む。

2021年7月26日(月)

道楽や　金のかかりて　爪句集

爪句集第48集「爪句@天空のスケッチ」が納品される。今朝の日の出時の空撮写真に新刊爪句集を貼ってみる。現在行っているクラウドファンディング（CF）の返礼品でもあり、CF終了前に返礼品の郵送が完了しそうである。CFの支援は低調だ。

2021年7月27日(火)

天空に　記録するなり　小事件

裏山で日の出時刻に空撮。東の地平近くの空に昇る陽が、西の空に少し欠けた月が写る。道端のアサガオを撮る。野鳥はスズメぐらいしか視野に入ってこない。ワイヤーに角を絡めて傷ついた鹿を見る。毎朝何か小さな事件があって写真に撮る。

2021年7月29日(木)

コロナ禍や　人に出会わぬ　散歩かな

朝刊にコロナウイルスの「全国感染　最多9583人」の見出し。1万人突破は目前である。宮丘公園の入口で空撮。写真の被写体でこれはといったものが無い。帰宅して庭でタチアオイ、マツムシソウ、蜂、テントウムシを撮る。今日も真夏日予想。

2021年7月30日(金)

イケヤとは　アイヌ語名で　白き花

早朝散歩の途中で空撮を行う。昨夜雨が降ったせいか道にカタツムリが這い出している。ツユクサやスズメを撮る。ウドのボール状の花に全体が似た花を帰宅して調べる。イケヤの花である。有毒植物でアイヌ語がそのまま植物名になったのを知る。

2021年7月31日(土)

真夏日や　空撮写真　撮る暑さ

A市から娘一家がやって来る。庭で空撮パノラマ写真の記念撮影を行う。ドローンでの撮影が良く理解されていないので全員がカメラの方を見ていない。孫娘達も大きくなったものである。土留めの壁を利用して最後のパンダの写真展を開いている。

2021年8月1日(日)

束の間の　赤く燃えてや　葉月空

日の出前の空を見ると雲が赤く染まっている。あわてて庭に出てドローンを上げて空撮を行う。今朝のような朝焼けは空の様子がどんどん変化して行くので、ドローンが旋回して全視界を撮影する時間がもどかしく感じる。今日から８月葉月である。

2021年8月2日(月)

コロナ禍や　感染爆発　野花撮る

コロナウイルスの感染爆発が始まっている。早朝散歩は中の川から西野川のコースを選び、途中空撮。中の川の梅花藻が長い事咲いている。オオハンゴンソウ、コンフリーを撮る。あちらこちらでスズメを見かける。今年はスズメの多い年である。

2021年8月3日(火)

嘩友(イエヨウ)は　日華を合わせ　パンダ名

北大を定年退職の頃「CSパンダの会」を立ち上げ「成都パンダ繁育研究基地」との交流があった。同基地で生まれたパンダの命名権を獲得して「嘩友」の名前もつけた。何回かのパンダ写真展の拡大写真の処分前に自宅の土留め壁で最後の写真展である。

2021 年 8 月 4 日(水)

浮かび出る　サインの横に　利尻島

　ブログのカテゴリーに「あの日あの人」を設けて記事を投稿している。今日は MIT メディア・ラボのステファン・ベントン教授で同教授からホログラム・テレカにサインをもらった事を思い出す。1988 年のテレカを探し出し教授のサインを確かめる。

2021年8月5日(木)

日本勢 メダリスト二人 快挙なり

札幌で行われた東京五輪の男子20キロ競歩の生中継を視る。沿道での観戦自粛が言われていても結構人が密になっていて予想外である。優勝はイタリアのM.スタノ、銀メダルは池田向希、銅メダルが山西利和。テレビの画面を今朝の空撮写真に貼る。

2021年8月7日(土)

北大を　走る選手や　女子マラソン

早朝散歩で日の出を空撮。帰宅して五輪の女子マラソンをテレビで観戦。マラソンは暑さ対策で東京から札幌に競技会場を移したのに、今日の気温は札幌の方が高い予想。急遽前日に1時間繰り上げて6時スタートとなる。一山麻緒が8位入賞。

心配の　巨大な塊(かい)や　五輪去る

　午後８時より東京五輪の閉会式。午前中札幌の街を走ったマラソンのメダリストが閉会式の表彰台に立つ。台風に囲まれ、札幌―東京の飛行機が飛ばないのでは、会場が大雨に見舞われたら、と無観客の閉会式でも心配の塊だった大会が終わった。

2021年8月9日(月)
振替休日

鼠色　空のキャンバス　花を描(か)く

陽の光のない朝。庭で空撮を行い、庭に咲く花を貼りつける。雨不足でもバラの花が咲いていて病気にならなければ丈夫な木花である。ミナヅキも咲き出した。カボチャの花は次々に咲くけれどほとんど実にはならない。ピーマンの花は白く小さい。

2021年8月12日(木)

石炭貨車　SLが牽く　時代かな

今朝も寒い。早朝散歩から戻り庭で空撮。昨日届いた恵迪寮の会誌の記事「北大構内をSLが走っていた」のページを撮り空撮写真に貼りつける。記事の執筆者は元寮生の小野高秀氏で、このSLにまつわる元寮生の著者の思い出が引用されている。

2021年8月13日(金)

珍しき　花鳥もなくて　盆の朝

　庭で日の出の空撮後散歩。ネムノキ（合歓木）の木花が咲いている。土手道にアザミの花を見つける。梅花藻の白い花が流れの中で目立っている。野鳥はスズメかカラスしか目に留まらない。これといった目新しいものが目に入らない迎え盆の朝。

2021年8月17日(火)

手袋を　お宝にして　キツネかな

曇り空の朝、庭で空撮後山道を選び早朝散歩。キツネが道を横切る。何か咥えていて獲物の小動物かと予想する。写真を撮り拡大すると手袋である。食べられそうもない手袋をお宝にしているのだろうか。その後キツネは手袋を捨て林へと消えた。

2021年8月18日(水)

ヒヨドリや　何伝えてか　けたたまし

　庭で鋭い野鳥の鳴き声がする。ヒヨドリで2、3羽が威嚇するように互いに鳴き交わしている。この野鳥の行動の意味がわからない。掌を広げると雨が降っているのがわかる程度で、空撮するのに迷って、遠景がはっきりしないだろうと止めにする。

2021年8月19日(木)

朝散歩　キツネもするか　坂の道

雨上がりの朝、西野川沿いを散歩。途中空撮を行う。プロポに接続したスマホがパノラマ撮影表示にならずシステムの癖に戸惑う。キジバトやカモを目にして撮る。自宅前の坂道をキツネが歩いていて遠くから撮る。キツネの歩きが速く追いつけない。

2021年8月27日(金)

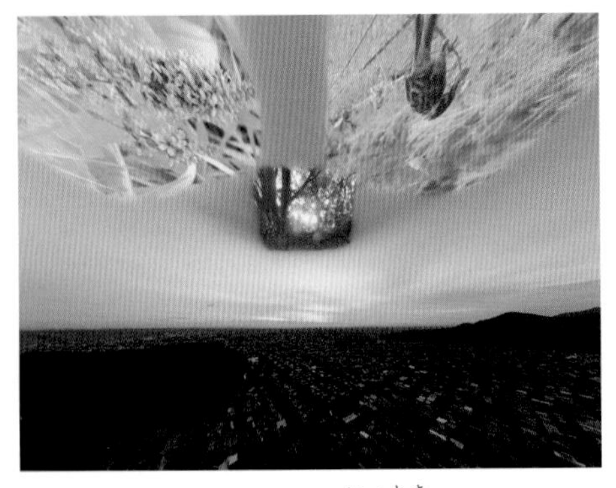

朝焼けや　コロナ禍一時(いっとき)　忘れたり

　朝焼けが見事なので庭で空撮、その後西野西公園まで散歩。公園の小高い場所まで急な階段を登り頂上で木の間から漏れてくる朝日を撮る。帰り道コスモスに止まるスズメ、ヤナギラン、ナナカマドの色づいてきた実を撮る。コロナ禍を一時忘れる。

2021年8月28日(土)

真夏日を　チゴハヤブサが　呼び戻し

早朝散歩で西野川上流まで足を延ばす。枯れ枝に大型の野鳥が２羽止まっている。チゴハヤブサである。倍率の低いズームのデジカメでピントが少し甘い。この場所で空撮を行おうとしたらドローンのバッテリー切れ。日中は真夏日に届きそうだ。

2021年8月29日(日)

早起きの　チゴハヤブサや　日の出かな

　西野川上流まで行き昨日撮り損ねた日の出時刻の空撮を行う。この辺りにチゴハヤブサの一家が棲みついているらしく３羽が高い枝先に止まっていたり、飛び回ったりしているところを撮る。今朝は倍率の高いズームのデジカメで拡大写真が撮れた。

2021年8月31日(火)

猛禽類　ドローン襲うか　懸念なり

今朝も散歩を兼ねてチゴハヤブサ撮りである。ドローンを飛ばし遠くからチゴハヤブサの止まっている木を撮って見る。やはり空撮ではチゴハヤブサを確認できない。近寄れば鳥は逃げるだろうし、小型ドローンが鳥に攻撃され墜落する心配もある。

2021年9月1日(水)

チゴハヤブサ　撮る傍らに　キツネ出る

日の出時刻に庭で空撮。その後チゴハヤブサを撮りに行く。チゴハヤブサに気を取られていたら近くにキツネが現れてこちらを窺っている。カメラを抱えた人間が何をしているのか探っている目つき。トンボの翅の網目模様が美しい。今日から9月。

2021年9月2日(木)

サプライズ　サギも祝うか　誕生日

街の灯りが未だ残っている日の出前に庭で空撮。その後西野川沿いに散歩する。住宅のアンテナにアオサギが止まっているのには驚いた。人の姿を見つけるとすぐ飛び立つサギをこんな場所で目にするのは珍しい。80歳の誕生日のサプライズである。

2021年9月3日(金)

早朝の　林で追っかけ　リスを撮る

　庭で日の出を空撮後、散歩に出掛ける。ひんやりとした空気の中、西野西公園の小山を登りひと回りする。リスが木の上で動き回っているのだが上手く撮れない。オオウバユリの緑の実やアサガオを撮る。今年は何かスズメが多くいるような気がする。

2021年9月4日(土)

人心を　受ける皿月　覆(くつがえ)り

家人の話によると日の出前に受け月が見られるというので、受け皿を上にした状態の月を撮る。朝刊には菅首相退陣のトップニュース。自民党総裁の延命のための工作が不評で党内の人心が急速に離れたためらしい。受け月がひっくり返ったようだ。

2021年9月5日(日)

アオサギや　今日は屋根上　鳥果なり

　庭で日の出を空撮後、中の川沿いを散歩。川中から急に大型の鳥が飛び立ち近くの住宅の屋根に止まる。アオサギである。先日アンテナに止まっていたのと同じ個体だろう。カメラを向け何枚か撮っていると飛び去る。飛ぶ姿は上手く撮れなかった。

2021年9月7日(火)

散歩終え　写真整理の　一日(ひ)の開始

日の出時刻は5時15分頃になっていて、その時刻に庭でドローンを上げて日の出を空撮。空撮後は西野川の上流まで歩いて行き、チゴハヤブサやキツネに出遭う。爪句集第49集の原稿整理をしていて採用予定のパノラマ写真を空撮写真に貼ってみる。

2021年9月11日(土)

多発テロ　二十年（はたとせ）の朝　サギを撮る

　アメリカでの同時多発テロから今日で20年。庭で日の出を空撮後、中の川沿いを散歩。アオサギが川中に潜んでいるのを撮る。サギは飛び立ってアンテナに止まる。この辺りに棲みついているようだ。西野西公園まで足を延ばしてアカゲラを撮る。

2021年9月12日(日)

陽が無くも　日課空撮　散歩かな

日の出の見られない朝。それでも日課になった庭で空撮を行う。空撮後の散歩は中の川から西野西公園を抜けて西野川上流まで歩く。チゴハヤブサを期待したが見あたらず、キツネを撮る。キジバトやカモに赤くなったナナカマドをカメラに収める。

2021年9月13日(月)

消えるなと　念じ撮影　虹の橋

　朝庭に出てみると昨夜の風雨で庭のキュウリは根こそぎ倒されている。西の空に虹が架かっているのに気が付く。急いでドローンを飛ばして空撮を試みる。パノラマ写真のため、データを得るための撮影に時間がかかり、虹の端の方が消えていく。

2021年9月14日(火)

朝焼けや　秋の近づく　空の色

朝焼けがきれいだったので日の出前に庭で空撮を行う。その後の散歩で気に入ったものを撮れなかったので、帰宅後庭で目に留まったものを撮る。ベニシジミ、赤トンボ、ホオズキ、シュウメイギクを撮り、空撮写真の天空部分に貼り込む。秋が近い。

2021年9月16日(木)

アルビノの　白バト撮りて　寒き朝

　快晴の朝の日の出を庭で空撮後、西野市民の森まで散歩する。途中西野浄水場の近くの電線に多数のハトが止まっているのを撮る。なぜハトの群れがここに集まっているのかわからない。ハトはカワラバトで、その中にアルビノの白いハトを見つける。

鳥果なく　栗の実拾う　散歩道

快晴の朝散歩道の途中で日の出を待って空撮。林道を歩いても野鳥やリスに遭わず。道端の黄色い花は後で調べるとヒキヨモギらしい。赤い花はイヌタデ、赤い実はスズランの実で、白い野菊は名前がわからず。毬ごと落ちていた栗を沢山拾う。

2021年9月20日(月)
敬老の日

古写真　整理する日や　彼岸かな

今朝も散歩道で朝日が現れるのを待って空撮。「爪句@あの日あの人」の原稿整理を行うのと並行して、古い写真をデジタル化してプリントの方は捨てる作業を続ける。青木商店が出てくる。デジタル化したものは見ないだろうからブログに投稿する。

2021年9月22日(水)

道楽や　赤字出版　暦かな

来年用のカレンダーの制作中で初校がデータ便で届く。コロナ禍もあり道内の空撮旅行にはほとんど行かなかったので、以前の空撮データも使う。ある事の贈答用に考えていてこれまで出版した爪句集の表紙をカレンダーの余白に並べるつもりでいる。

2021年9月23日(木)

秋分の日

朝もぎの　トウキビ買いて　秋分日

早朝散歩の途中で空撮。天気予報では曇りから雨で、くっきりとした輪郭の日の出の写真は撮れず。地上のそこここに秋の色が目立つ。家の近くの顔見知りの農家で朝もぎのトウキビを買う。1本100円で、昼食はトウキビがメインになりそうである。

2021年9月26日(日)

久々に　我が著書載りて　紙面かな

日の出前に家を出て森への道で日の出を待ち空撮。朝日で家々や森が赤く染まっている。帰宅して道新朝刊に目を通すと道内の新刊情報コーナーに爪句集第48集の紹介。久しぶりに爪句が取り上げられる。第50集に達したら書評を書いてもらいたい。

2021年9月28日(火)

時刻追い　陽の演出の　場面撮る

日の出前に坂道を登り、見晴らしの良いところで空撮。日の出の様子を地上から撮影して空撮写真に貼りつける。毎日同じ場所で撮っていても、雲や朝焼けで異なる景観の写真が得られて面白い。陽がもう少し高くなると街全体が活気を帯びてくる。

2021年10月2日(土)

窓で撮る　チゴハヤブサや　朝餉時（あさげどき）

朝食時に窓の外の電線に見慣れない鳥が止まっている。写真に撮り拡大して見るとチゴハヤブサのようである。朝食後宮丘公園を歩く。途中雲の広がる空の下で空撮を行う。緊急事態宣言が解除になった最初の週末で、少年野球の練習が行われていた。

2021年10月3日(日)

空撮や　風の強くて　ふくろう湖

Ｆ工業のＹ氏の運転で当別ダム湖の当別ふくろう湖の空撮に出掛ける。当別川を堰き止めた南北に細長い人工湖で初めて行く。湖の周囲は少し色づいて来たけれど黄葉はこれからである。帰りはハママシケ陣屋跡、濃昼（ごきびる）山道入口で空撮。

2021年10月6日(水)

記事出ても　支援者増えず　爪句集

朝から雨かと思うと晴れの定まらない秋の天気。雨が降りそうな空にドローンを飛ばし空撮すると小雨になる。道新に現在公開している爪句集の出版・寄贈プロジェクトのCFの案内が載る。爪句集の原稿の最終整理に入っていて今週中には完成予定。

2021年10月7日(木)

サンピラー　赤を合わせて　マムシグサ

寒い朝で、庭で日の出前の朝焼けを空撮する。地表から天に向かう光の柱が見える。サンピラーのようである。10月に見られるとは珍しい。手袋が必要だと思いながらの散歩で、撮ったマムシグサの赤い実をサンピラーの上空に赤合わせで貼りつける。

2021年10月9日(土)

紅葉や　熊には遭わず　リスを撮る

　日の出を庭で空撮してから西野市民の森散策路を散歩。散策路入口の看板のところに熊出没のため通行禁止の表示が出ている。新聞にも今年は山のドングリ等が不作で熊が広範囲に移動するので注意の記事が載っている。道の途中でリスを撮る。

2021年10月10日(日)

記事を見て　山下リンの　イコン貼る

　日の出前に家を出てサクランボ山で昇る陽を空撮。日の出前の朝焼けは撮影するほどでもなかった。道新別刷にロシア正教のイコン画家山下リンの記事が載っている。小樽のハリストス正教会で山下リンのイコンを写真に撮っており、空撮写真に貼ってみる。

2021年10月12日(火)

著者冥利　市民も読みて　爪句集

爪句本の第1巻から第48巻までの18セットを揃えて札幌市の中央図書館に寄贈のため運び込む。札幌市中央図書館で市の各区にある図書館、区民センターの図書室に問い合わせ希望するところを集計してこの数となる。CFの支援は目標額を超えた。

2021年10月13日(水)

目の光る　キツネを撮りて　空撮夜景(やけい)かな

日の出前の夜景の空撮に出掛ける。かなり寒い。懐中電灯の光を頼りに暗い道を行くと動くものがいる。キツネである。懐中電灯の光を反射して目が光る。とっさに撮った写真には光る目のキツネの姿が辛うじて写り、空撮夜景写真に貼りつける。

2021年10月14日(木)

快晴の　天空飾る　秋の色

快晴の朝、サクランボ山で日の出を待って空撮。雲の薄い朝は朝焼けにならないので平凡な日の出景となる。散歩しながら見つけた秋の色で日の出空の天空を飾る。赤トンボ、赤い蔦の葉、色付いた多肉植物、薄い青紫の野菊、秋の色が出揃う。

2021年10月18日(月)

積雪を　見て身構える　八十歳身（やそとせ）

昨日は全道的に気温が低くなり、札幌の中山峠の積雪の写真が朝刊に出ている。手稲山も冠雪で手稲山の裾野の西野の自宅からは山頂が見えないのでドローンを上げて空撮してみる。上限高度の150m上空からの空撮写真で手稲山の積雪を確かめる。

2021年10月22日(金)

紅葉や　日の出の光　色加勢

昨夜はかなりの雨。この雨で紅葉は一気に進むだろう。日の出の光で山全体が紅葉に包まれたように見える。地上で紅葉を撮り空撮パノラマ写真に貼りつける。クルミを咥えたリスや飛ぶカワラバトも撮ってみる。動くものはフォーカスが合わない。

2021年10月23日(土)

洞爺湖や　新山（やま）から見えて　ツーショット

Ｆ工業のＹ氏の運転する車で空撮ドライブの１日。札幌を発つ時には雨が心配だったけれど、支笏湖から洞爺湖を巡る時には天気は良くなる。風が強く強風注意の警告が出る中ドローンを飛ばす。昭和新山の上空から洞爺湖が見え１枚の写真に納まる。

2021年10月24日(日)

(2021・10・23 撮影)

恵庭岳　黄葉裾野　湖水浸け

支笏湖のポロピナイ湖畔から空撮した写真を処理すると、支笏湖を囲む山々の位置が頭に入ってくる。湖の北側に恵庭岳があり、尖った山頂が確認できる。南側にシルエットになった風不死岳がありさらにその南にある樽前山が重なって写っている。

2021年10月27日(水)

日の出撮り　空撮日記　今朝も記す

地平から急に昇ってくる太陽を空撮。空撮時にドローンをホバリング状態にして日の出と重ねて撮る。陽が少し高くなった頃、散歩して黄葉を撮る。黄葉の上に欠けた月が見えている。柏の紅葉、クルミを食べるリス、ヤマガラを撮って天空に貼る。

2021 年 10 月 28 日(木)

雨降りに　イチョウの黄冴え　赤広場

　ホテルで朝食付き勉強会。講師は北大公共政策大学院の石井吉春客員教授で「コロナ後の北海道の交通を考える」である。道内の鉄道は不採算路線を切り捨てLCCのような航空機で旅客を運んだ方がよいとの話。勉強会後アカプラでイチョウを撮る。

2021年10月29日(金)

暦にも　地上にも見え　黄紅葉

風の強い朝で庭でドローンを飛ばすと、風に抗して懸命に機体の位置を維持しようとふらふら状態である。昼過ぎに来年用の自家製景観カレンダーが納品される。CFは目標額の8割程度。かなりの赤字の出版だが、贈答品に使う予定で良しとする。

2021年10月30日(土)

紅葉で　燃える山撮る　日の出かな

自宅周辺の紅葉が最盛期を迎えている。特に日の出の光で照らされて赤味が増すと紅葉で覆われた山全体が燃えるように見える。地上から望遠で撮影した我が家と空撮したものを１枚の写真にして見る。リスやカケスが目に付く季節に入っている。

2021年11月2日(火)

自信作　特別賞で　高評価

応募していた「西区SDGsフォトコンテスト2021」の結果が西区のホームページに公開される。一般の部の審査員特別賞（3点）に入る。審査員の写真家からお褒めのコメント。写真を撮影した場所で日の出を空撮するが日の出は無く、後に雨になる。

2021年11月3日(水)

文化の日

叙勲名　黄葉上に　文化の日

文化の日で自分も含めた叙勲者の名前が道新に載る。全国紙にも載っているらしく、あちらこちらからメールや電報が届く。コロナ禍で勲章・勲記の伝達式は取り止めの通知も届く。同じ道新に現在行っているクラウドファンディングの広告が載る。

2021年11月5日(金)

凡景が　花引き立てて　日の出かな

日の出は空撮するほどではなかったけれど、日課のようになっていて撮っておく。受章祝いの花束が届き、いずれも豪華ものである。値段が張ったのではと気になる。空撮の空に花束の写真を貼りつけると、平凡な日の出の景色が花を引き立てる。

2021年11月7日(日)

空撮を　記録画像の　額にする

　曇り時々小雨の天気で散歩は止めにし、庭で空撮。叙勲で届いた祝電や祝詞をスキャンして取り込む。デジタル終活の一環で、実物を処分して画像を残す。空撮パノラマ写真は取り込んだ画像の額みたいなもので、祝電の立派なカバーの役目を果たしている。

2021年11月8日(月)

日の出時や　大地の吐息　白く見え

今朝は少し珍しい光景の空撮写真が撮れた。日の出の時刻、地表の一部が霧で覆われている。地面とその上空に温度差があって、地表近くの水蒸気が上空の低い気温により霧になったようだ。遠くは霧が濃く雲海のように見えている。日の出が写る。

2021年11月9日(火)

強風に　墜落覚悟　トイドローン

日の出前に庭で空撮。風が強く重量が200gぎりぎりのトイドローに分類されるmini2は大きくふらつく。高度30mのところでパノラマ写真のデータを収集。この状況で写真処理で相当ずれが生じるのではとの懸念に反し、パノラマ写真を合成できた。

2021年11月12日(金)

カラマツも　CFも枯れ　霜の月

日の出時に空撮を行うと山のカラマツの黄葉が見応えがある。それもそろそろ終わりに近づいて山肌は枯れた景色で覆われてきた。クラウドファンディング find-h のページの募集中プロジェクトは著者のものだけが残され、ここも枯れた雰囲気である。

2021年11月13日(土)

雲間から　光の瀑布　野鳥撮る

日の出の空は雲で覆われている。雲の隙間から日の出の光が漏れ天使の梯子が見えている。庭の上空で空撮した写真を拡大すると、天使の梯子がはっきり写っている。朝食後散歩に出て、残っている紅葉を撮る。木の葉が落ちて野鳥が撮り易くなった。

2021年11月16日(火)

光柱に　誘われて撮る　寒き朝

庭で日の出の代わりに現れた天使の梯子を空撮する。朝の散歩はハガキをポストに投函後、宮丘公園を周る。遊歩道は枯葉の絨毯になっている。野鳥の姿はほとんど無く、ようやくシジュウカラを見つけて撮る。帰り道の民家の庭に柿の実を見つける。

2021年11月18日(木)

四十年(よそとせ)の　思い出披露　叙勲かな

著者の瑞宝中綬章の叙勲祝賀会をオンラインで行うことになり、18名が画面に顔を見せた。東京、沖縄、道内、中国からの参加者から40年以上昔の思い出から、最近の話まで次々と披露され、時間が極度に圧縮された2時間があっという間に過ぎた。

2021年11月19日(金)

額代を　仮想通貨で　受金かな

昨夕は著者の瑞宝中綬章叙勲祝賀会がオンラインで行われ、叙勲ビジネスの一端を紹介した。勲記・勲章の飾り額が6万8千円もして額の購入をためらっていると話した。祝賀会のホスト役のM教授から参加者代表で0.01ビットコインの送金がある。

2021年 11月 21日(日)

映像視(み) ネットで旅する サルデーニャ

昨夕テレビにサルデーニャ島のティンヌーラ村の映像が流れた。同島は訪れた事があり興味深く視る。建物の壁に村の生活を描くムラーレス画家の記録である。テレビ画像と同じムラーレスをストリートビューで探し出し、仮想海外旅行となる。

2021年11月22日(月)

スライドを　デジタル化する　半世紀

朝風が強い中庭で空撮、その後雨となる。散歩もせず、昔のスライド写真のデジタル化の作業を行う。今から50年前のケベック留学時代の写真である。住んでいたアパートは今でもあるだろうか。A. Boivin教授はお亡くなりか。娘は二人娘の親となる。

2021年11月25日(木)

空撮や　暦配りて　朝食会

ホテルでの朝食会「無名会」に出席する。毎年同会の名入りカレンダーを制作しており2022年用を出席者に配る。会場でドローンを飛ばし空撮を行い、カレンダーと講師の橋本幸北海道局長を貼りつける。局長が学生に見えてくる年齢に達している。

2021年11月26日(金)

屋根やねが　雪化粧して　陽を迎え

　幌加内町朱鞠内、名寄市、美深町での大雪が報道され、札幌もそれなりの雪になるかと思っていた。しかし、日の出時の空撮写真に道路や屋根が雪で白く写っていても直ぐに解ける程度のものである。散歩時にナニワズの花芽、柿、ススキ等を撮る。

2021年11月27日(土)

振り返る　サッポロバレーの　半世紀

終日曇り、雪、雨の天気。庭で空撮を行っても白い大地に灰色の雲空が広がっているだけである。叙勲記念祝賀会で小講演を行うためのスライド作り。サッポロバレーの半世紀にわたる話になり、与えられた時間で資料を全部語るのは無理だろう。

2021 年 11 月 30 日(火)

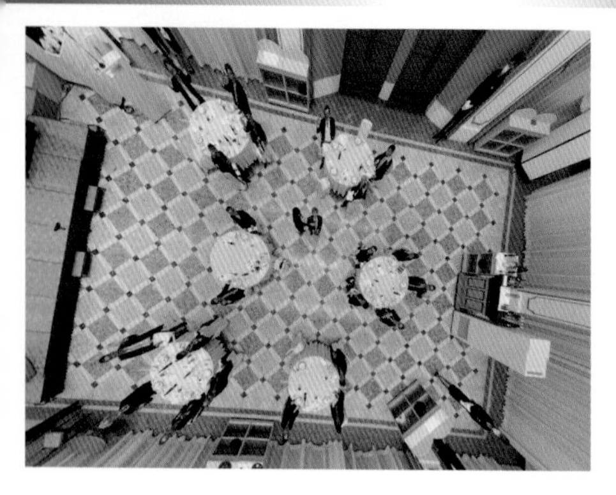

参集者 手振りで写り 祝賀会

瑞宝中綬章叙勲祝賀会が京王プラザホテルであり主賓として出席。会場でドローンを飛ばし集合写真の代わりに参加者全員が写る空撮写真を撮る。ドローンに向かって手を振ってくれるように頼むと手振りの様子が撮れた。贈られた花を上空に貼る。

2021年12月1日(水)

CFや　新公開で　師走入り

今日からfind-hでクラウドファンディング（CF）の新しいプロジェクトが公開された。爪句集第50集出版に支援を募っている。この爪句集で50巻が揃うので、これまで寄贈してきた図書館施設や、これから新しく探し出した施設に寄贈を計画している。

2021 年 12 月 2 日(木)

人手リレー　勲記・勲章　届きたり

テレビ塔 2F の宴会場で瑞宝中綬章受章と爪句集第 49 集出版祝賀会を行う。丁度この会に合わせて北大まで届いた勲章と勲記が運ばれてきたので、急遽伝達式となる。会場でドローンを飛ばして祝賀会の様子を空撮する。20 名を超す参加者が写る。

2021年12月4日(土)

墜落の　機体回収　貼る広報

庭でドローンを上げ空撮。着陸させる時機体を見失う。目視飛行の原則を忘れ、家の陰に入った機体を墜落させる。墜落した場所を特定できず捜索を諦めかけようとした時に発見。空撮写真を処理し「さっぽろ広報」に載った入賞作品を貼りつける。

2021年12月5日(日)

正常に　天に記録や　祝賀会

昨日墜落させたドローンが正常に動作するか日の出時に飛ばし空撮を行う。特に問題は無く安心する。このドローン3日前に祝賀会の会場で飛ばしており、その様子を出席者の山本氏が撮っている。三橋教授作成レーザー彫刻コースターも配られた。

2021年12月6日(月)

長江や　激光彫りで　再描画

レーザー彫刻の技法をマスターしようと中国製の装置の使い方の勉強を始める。自分のスケッチを木製コースターに彫ってみようと武漢を訪れた時に描いたものを使う。武漢物理所から研究生で留学していた馮功啓先生から贈られた絵も貼りつける。

2021年12月7日(火)

八十歳(やそとせ)の　顔の並びて　忘年会

曇り空の下ポストまで郵便物を出しに行く。途中アスパラガスの赤い実や雪の上のハクセキレイを撮る。午後は北大電子1期生のオンライン忘年会。カナダ在住のT君も加え14名の参加。N君は趣味のマジックを披露したが、なかなかのものである。

2021年12月12日(日)

マスコミの　広告効果　期待薄

道新朝刊に現在公開中のクラウドファンディング（CF）の広告が出る。マスコミの新聞社が運営するこのCFは低調で、この1か月ほどは著者の爪句に関するCFしか公開されていない。新聞広告の効果も期待薄で、この広告で支援があるとも思えない。

2021年12月13日(月)

レーザーが　彫り出す景観　パースかな

朝起きると雪景色の世界に一変している。これは根雪になるだろうか。陽がはっきり見えない日の出を庭で空撮。画文集の表紙にしたオーストラリア・パースのスケッチのレーザー彫刻を制作する。スケッチは研究にも利用していてその説明図が残る。

2021年12月17日(金)

ラジオ聴く　爪句本の紹介　雪降り日

雪降り日で雪の止んだ時を狙って庭で空撮。東京航空局からのドローン飛行の許可・承諾書を曇り空に貼りつける。作業中ラジオカロスで元アナウンサーの和島満子さんが爪句本の紹介をしてくれるのを聴く。和島さんが小さく写った写真も貼る。

2021年12月18日(土)

ドローン描(か)く　夜空の図形　流れ線

F工業のY氏の運転する車で上士幌町にある「道の駅かみしほろ」に出向く。300機のドローンで夜空に様々な図形が表現されるのを見て写真を撮るためである。地上で撮影したパノラマ写真に道の駅の様子と夜空に浮かぶドローンによる図形が写る。

2021年12月19日(日)

河口雪　橋は湖中で　タウシュベツ

上士幌町でのドローンショーを見た夜は帯広泊となる。翌朝札幌に戻る前にタウシュベツ川橋梁の空撮を行うため糠平湖の湖岸の展望台からドローンを飛ばす。湖面が氷結し始めた糠平湖の水面が高く橋梁は水中に没していて空撮写真には写らず。

2021年12月20日(月)

(空撮 2021・12・18)

満月や　これから始まる　ドローンショー

上士幌町のドローンショーで撮影した写真処理。ショーの会場の道の駅で日没後の会場周辺の様子を空撮した。小さな満月が空に浮かぶ。ドローンを格納しているテントが畑に見える。暗くなって始まったショーをスマホで撮り、その写真を貼りつける。

2021年12月21日(火)

(空撮 2021・12・20)

八十歳(やそとせ)の　入賞作や　盾となる

札幌市西区役所から「西区 SDGs フォトコンテスト」の入賞記念品が手渡しで届けられる。審査員特別賞の賞状と作品刷り込みの盾に協賛企業特別賞の賞状が加わる。入賞作品の 2022 年用カレンダーも制作された。1 万円分の商品券や菓子の副賞もある。

2021年12月24日(金)

桂林の　激光彫りや　雪景色

レーザー彫刻機の取り扱いに慣れようと桂林漓江の川下りの船中で描き新聞にも載ったスケッチを彫刻してみる。スペースがあったので印鑑用にデザインした楡影寮記念碑のスケッチも彫る。大雪後の札幌の日の出の景観に彫刻結果を貼りつける。

2021 年 12 月 27 日(月)

トイドローン　居間で飛ばして　記者を撮る

道新記者の本庄彩芳さんの取材を自宅で受ける。以前にも同記者の取材を受けている。札幌市の起業家支援プロジェクトに関連してサッポロバレーの草創期に遡った話をする。ドローンの話題になり狭い室内でドローンを飛ばしてパノラマ写真を撮る。

2021年12月28日(火)

雪上絵　ナスカ地上絵　真似したり

運動も兼ね空地の雪面にナスカの地上絵よろしく足で絵を描いてみる。西区のマスコットキャラクター「さんかくやまべェ」を描いて空からドローンで撮る。上空から撮影すると似ていない。雪上絵を描くのは難しい。ナスカの古代人は偉大である。

2021年12月30日(木)

半世紀　道史に残る　マイコン研

道史編さん室で「北海道現代史」の編集が進んでいて、産業･経済の章で北海道マイクロコンピュータ研究会も取り上げられる予定である。1976年に発足した同研究会は北海道の産業・経済史に記録される予定で関係する写真を今日の空撮写真に貼る。

あとがき

本爪句集のシリーズの初刊は2008年1月1日付けで出版されていて著者としては「青木由直」が記されている。同年4月1日出版の第2集では著者名はペンネームの「青木曲直」で爪句結社「秘境」社主を北海道大学名誉教授の肩書と並べて使っている。ペンネームの方はこの第50集まで用いてきた。

秘密結社と間違って紹介された事もある爪句結社は1人の社員も参加しなかったので、2017年10月出版の第33集からはこの名称を外して、新たに北海道科学大学客員教授を加えた。2人になれば「結社」を名乗れるだろうが、1人の結社では意味がない。しかし、間違われた秘密結社には惹かれるものがある。実体のない秘密結社は空想を膨らませる。

最近の爪句集出版では「あとがき」は初校が届

く前後に書くようになった。これはクラウドファンディング（CF）とも関連していて、CF 支援者のお名前を「あとがき」に記載するためぎりぎりまで原稿締め切りを延ばしている事が理由の一つである。本爪句集出版に際しては 10 名を超す支援者がおられる。その支援者は全員名前とお顔を知っている。これは不特定多数（クラウド）から支援を受ける本来の CF からほど遠く、プライベートファンディング（PF）とでも呼べそうな実態である。すると CF を行う意味はどこにあるのか、という疑問にもつながる。

PF であると考えると爪句集の原稿の基になっている「都市秘境」のブログを覗き見（ブラウジング）されている方をはじめ、爪句を介して著者と関わりのある多くの方々のうちの一部が CF 支援者として顔を出されている。それは海面上に現れた氷山の一角みたいなものだろう。海面下に沈む氷山全体を見たいと思っても、重力と浮力で釣り合った関係を壊す事は出来ない。

出版資金の支援では第40集出版時と同様に「伊藤組100年記念基金」の支援を受けている。第40集出版時の支援を踏襲して今回も同基金に申請を行ったところ、色々不備を指摘され、自己資金で完結させ得ないプロジェクトの大変さも経験している。同基金を本爪句集にも記録しておく意味も込めて前記ブログの同基金に関する記事をこの「あとがき」にも追記して、合わせて同基金にお礼申し上げる。

前記基金の支援主旨が社会貢献に関連しており、爪句集全50巻の図書館や公共施設への寄贈をCFプロジェクトの目的に加えている。本の寄贈は伝手を求めて道内の市町村の図書施設に行ってきている。札幌市に関しては、札幌市中央図書館の協力で、現時点では市内の18図書施設にそれぞれ全49巻の寄贈を行っている。この寄贈に関してご協力いただいた札幌市の関係者にお礼の言葉を記しておきたい。

本爪句集の出版にはいつものように㈱アイワー

ドと共同文化社の関係者にお世話になっておりお礼申し上げる。妻には毎回の爪句集出版に縁の下の力持ちの役を担ってもらい感謝している。

前記のように、本爪句集もCFの支援をお願いしており、支援者のお名前をこの「あとがき」の最後に記してお礼としたい。

クラウドファンディング支援者のお名前

（敬称略、支援順、2022年1月13日現在）

青木順子、三橋龍一、奥山敏康、惣田浩、長江ひろみ、佐藤征紀、七島美津恵、tsumeku1、佐藤元治、柿崎保生、浅山正紀、芳賀和輝、塚崎英輝

コロナ禍や　マスク会議を　記念撮

伊藤組土建は1893年創建しており、1993年に100周年を迎えた。その記念行事として1993年に「伊藤組100年記念基金」が設けられ、著者は基金の評議員とし携わってきた。2021年5月基金理事長が設立時からの杉本拓氏から伊藤義郎氏に引き継がれた。

著者：青木曲直（本名由直）（1941 ～）

北海道大学名誉教授、工学博士。1966 年北大大学院修士修了、北大講師、助教授、教授を経て 2005 年定年退職。e シルクロード研究工房・房主（ぼうず）、私的勉強会「e シルクロード大学」を主宰。2015 年より北海道科学大学客員教授。2017 年ドローン検定 1 級取得。北大退職後の著作として「札幌秘境 100 選」（マップショップ、2006）、「小樽・石狩秘境 100 選」（共同文化社、2007）、「江別・北広島秘境 100 選」（同、2008）、「爪句@札幌＆近郊百景 series1」～「爪句@あの日あの人 series49」（共同文化社、2008 ～ 2021）、「札幌の秘境」（北海道新聞社、2009）、「風景印でめぐる札幌の秘境」（北海道新聞社、2009）、「さっぽろ花散歩」（北海道新聞社、2010）。北海道新聞文化賞（2000）、北海道文化賞（2001）、北海道科学技術賞（2003）、経済産業大臣表彰（2004）、札幌市産業経済功労者表彰（2007）、北海道功労賞（2013）、瑞宝中綬章（2021）。

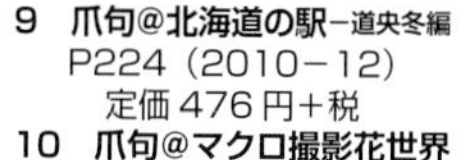

9　爪句@北海道の駅－道央冬編
P224（2010－12）
定価 476 円＋税
10　爪句@マクロ撮影花世界
P220（2011－3）
定価 476 円＋税

11　爪句@木のある風景－札幌編
216P（2011－6）
定価 476 円＋税
12　爪句@今朝の一枚
224P（2011－9）
定価 476 円＋税

13　爪句@札幌花散歩
216P（2011－10）
定価 476 円＋税
14　爪句@虫の居る風景
216P（2012－1）
定価 476 円＋税

15　爪句@今朝の一枚②
232P（2012－3）
定価 476 円＋税
16　爪句@パノラマ写真の世界－札幌の冬
216P（2012－5）
定価 476 円＋税

17　爪句@札幌街角世界旅行
224P（2012−7）
定価 476 円+税
18　爪句@今日の花
248P（2012−9）
定価 476 円+税

19　爪句@札幌の野鳥
224P（2012−10）
定価 476 円+税
20　爪句@日々の情景
224P（2013−2）
定価 476 円+税

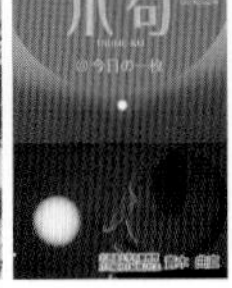

21　爪句@北海道の駅−道南編 1
224P（2013−6）
定価 476 円+税
22　爪句@日々のパノラマ写真
224P（2014−4）
定価 476 円+税

23　爪句@北大物語り
224P（2014−11）
定価 476 円+税
24　爪句@今日の一枚
224P（2015−3）
定価 476 円+税

25　爪句@北海道の駅—根室本線・釧網本線
224P（2015—7）
定価 476 円+税

26　爪句@宮丘公園・中の川物語り
248P（2015—11）
定価 476 円+税

27　爪句@北海道の駅—石北本線・宗谷本線
248P（2016—2）
定価 476 円+税

28　爪句@今日の一枚—2015
248P（2016—4）
定価 476 円+税

29　爪句@北海道の駅
—函館本線・留萌本線・富良野線・石勝線・札沼線
240P（2016—9）
定価 476 円+税

30　爪句@札幌の行事
224P（2017—1）
定価 476 円+税

31　爪句@今日の一枚—2016
224P（2017—3）
定価 476 円+税

32　爪句@日替わり野鳥
224P（2017—5）
定価 476 円+税

33　爪句@北科大物語り
豆本　100 × 74㎜　224P
オールカラー
(青木曲直 編著　2017−10)
定価 476 円+税

34　爪句@彫刻のある風景
—札幌編
豆本　100 × 74㎜　232P
オールカラー
(青木曲直 著　2018−2)
定価 476 円+税

35　爪句@今日の一枚
—2017
豆本　100 × 74㎜　224P
オールカラー
(青木曲直 著　2018−3)
定価 476 円+税

36　爪句@マンホールの
ある風景 上
豆本　100 × 74㎜　232P
オールカラー
(青木曲直 著　2018−7)
定価 476 円+税

37　爪句@暦の記憶
豆本　100 × 74㎜　232P
オールカラー
(青木曲直 著　2018－10)
定価 476 円＋税

38　爪句@クイズ・ツーリズム
豆本　100 × 74㎜　232P
オールカラー
(青木曲直 著　2019－2)
定価 476 円＋税

39　爪句@今日の一枚
―2018
豆本　100 × 74㎜　232P
オールカラー
(青木曲直 著　2019－3)
定価 476 円＋税

40　爪句@クイズ・ツーリズム
―鉄道編
豆本　100 × 74㎜　232P
オールカラー
(青木曲直 著　2019－8)
定価 476 円＋税

41　爪句@天空物語り
豆本　100 × 74㎜　232P
オールカラー
（青木曲直 著　2019−12）
定価 455 円+税

42　爪句@今日の一枚
—2019
豆本　100 × 74㎜　232P
オールカラー
（青木曲直 著　2020−2）
定価 455 円+税

43　爪句@ 365 日の鳥果
豆本　100 × 74㎜　232P
オールカラー
（青木曲直 著　2020－6）
定価 455 円＋税

44　爪句@西野市民の森物語り
豆本　100 × 74mm　232P
オールカラー
（青木曲直 著　2020－8）
定価 455 円＋税

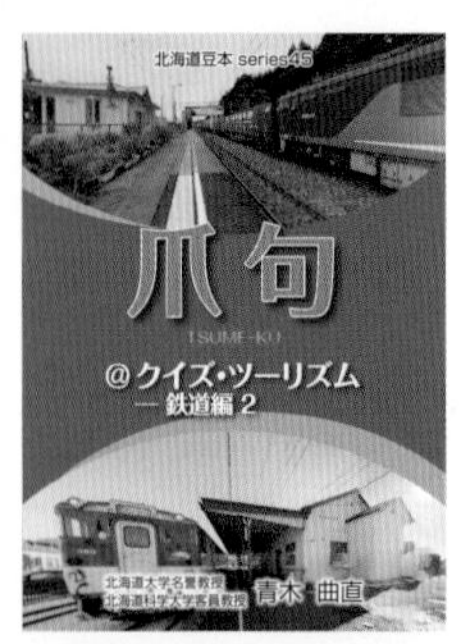

45　爪句@クイズ・ツーリズム
　　—鉄道編 2
豆本　100 × 74㎜　232P
オールカラー
（青木曲直 著　2020－11）
定価 455 円＋税

46　爪句@今日の一枚
　　—2020
豆本　100 × 74㎜　232P
オールカラー
（青木曲直 著　2021－3）
定価 500 円（本体 455 円＋税10%）

47 爪句@天空の花と鳥
豆本 100 × 74㎜ 232P
オールカラー
(青木曲直 著 2021－5)
定価 500 円（本体 455 円＋税10%)

48 爪句@天空のスケッチ
豆本 100 × 74㎜ 232P
オールカラー
(青木曲直 著 2021−7)
定価 500 円 (本体 455 円+税10%)